Barbie

et le Palais de Diamant

P'TIT TOME
Albin Michel

Le monde de Liana et Alexa

Alexa et Liana

Alexa, la brune, et Liana, la blonde, sont deux jeunes filles pauvres à la voix d'or. Leur amitié leur permet d'affronter toutes les épreuves. Mais un jour, à la suite d'une terrible dispute, elles se séparent.

Sparkles et Lili

Ces deux adorables petites chiennes abandonnées réussissent à conquérir le cœur d'Alexa et Liana qui vont tout de suite les adopter.

Melody

a une voix magnifique. Malheureusement, cette élève-muse est retenue prisonnière dans un miroir magique par Lydia.

Lydia

est une muse maléfique
qui veut régner seule
sur le Palais de Diamant,
un endroit merveilleux
où chaque fois que
quelqu'un chante un
diamant apparaît.

Sournois

est un petit dragon
qui obéit à tous les ordres de Lydia.
Grâce à sa corne magique, il repère
d'où vient la voix de Melody.

Yann et Jérémie

Très fiers,
les jumeaux savent aussi
faire preuve d'une grande générosité.
Ils sont toujours là au bon moment
pour aider Liana et Alexa !

Dori et Phedra

Les muses de la musique vivaient au Palais
de Diamant, là où est née la musique, jusqu'à
ce que Lydia les transforme en statues.

1. La dispute

Barbie et sa meilleure amie Teresa composent une chanson à la guitare. Les notes de musique remplissent le salon et leurs voix s'unissent en une magnifique chanson :

Si je dois faire un seul vœu,
C'est voir ton sourire merveilleux.
Où que tu ailles dans ce monde,
je te suivrai.
Nous partageons les mêmes rêves.
Tu pourras compter sur moi et moi sur toi.
Oh ! Une chanson, deux voix.

Soudain, la porte s'ouvre et Stacie, la petite sœur de Barbie, entre dans la pièce. Son visage est rouge de colère.

– Je ne veux plus jamais revoir cette fille, dit-elle. Ce n'est plus mon amie !

Teresa et Barbie échangent un regard, étonnées.

– Tu t'es disputée avec Courtney ? lui demande Barbie.

La petite fille a le cœur brisé car Courtney n'est pas venue à son aide au moment où elle en avait le plus besoin.

– Une véritable amie, ça reste à tes côtés, répond Barbie, même dans les moments difficiles.

– Moi, je crois qu'elle te laisse tomber quand elle n'a plus besoin de toi, grimace Stacie.

– Tu sais, dit Barbie, ça me fait penser au film dans lequel Teresa et moi allons bientôt jouer. C'est l'histoire de deux amies, elles vivent dans un monde rempli de magie…

Stacie a très envie d'en savoir plus.

– Un jour, continue Barbie, Liana et Alexa ont une terrible dispute. Tout débute par une chanson…

2. Deux amies très unies

... Oh !
Une chanson,
deux voix.

Dans un joli jardin, deux paysannes cueillent des fleurs en fredonnant.

– Cette chanson est magique ! s'exclame Alexa.

– Tu trouves toujours tout magique, s'amuse Liana.

C'est vrai : Alexa est une rêveuse. Les deux paysannes sont très pauvres : elles gagnent leur vie en vendant des bouquets. Mais Alexa le sait : **un jour la chance tournera !**

Alors que Liana se penche pour cueillir des fleurs près de la rivière, son regard est attiré par deux cailloux au fond de l'eau. Ce sont deux petits cœurs aux contours parfaits.

– On dirait presque qu'ils sont… **magiques !**

– Exactement ! rit son amie. Et si on en faisait deux colliers ?

Quelle bonne idée !

– Tu imagines, dit Liana, si ces colliers avaient le pouvoir…

– … d'exaucer les souhaits ? s'écrie Alexa.

– Mon premier souhait serait de te garder **pour toujours comme amie !**

Alexa hoche la tête.

– Deux amies aujourd'hui, pour toujours et à jamais !

Soudain, **le ciel s'assombrit.**

– Oh, je n'aime pas du tout ça ! dit Liana. Rentrons vite !

À l'intérieur de leur chaumière, les jeunes filles sont à l'abri.

– Tu crois que l'orage sera bientôt fini ? demande Alexa, inquiète.

– Et si tu faisais un vœu… ? répond son amie en lui tendant un **pendentif.**

C'est le caillou en forme de cœur ! Liana l'a monté en collier à l'aide d'un lacet de cuir. Alexa l'adore ! Liana sort le sien, son parfait jumeau, et l'attache autour de son cou.

Un coup de tonnerre éclate et les deux amies se serrent l'une contre l'autre.

Le lendemain, les jeunes filles retrouvent leur jardin dévasté… **Presqu'aucune plante n'a survécu à l'orage !** Courageuses, elles retroussent leurs manches et se mettent au travail pour ramasser les fleurs les moins abîmées.

– Même si on arrive à toutes les vendre, soupire Alexa en posant son panier sur la table, on n'aura pas de quoi vivre jusqu'à la prochaine saison… Tu sais quel serait mon souhait si ces deux pierres étaient vraiment magiques ? **Avoir plus de choses !** Plus de nourriture, plus de pièces dans la maison, plus de robes…

– Sauf qu'on deviendrait insupportables, pouffe Liana. Ma chère, ajoute-t-elle en prenant un air pincé, ça ne va pas du tout : cette robe est bien trop belle !

Les deux amies rient de bon cœur !
Rien de mieux que
l'amitié pour
**surmonter les
épreuves…**

3. Un miroir magique

Un peu plus tard, Liana et Alexa rencontrent une vieille femme sur la route du village. Son visage est **triste** et ses vêtements **très sales.** Liana n'hésite pas une seconde et lui offre son déjeuner. La pauvre femme la remercie et, ouvrant son sac, lui propose de choisir un objet parmi de vieilles babioles.

Pour ne pas la vexer, Liana accepte et choisit un **miroir en forme de cœur.**

– Excellent choix, la félicite la grand-mère.

De retour à la maison, Liana nettoie le cadeau de la vieille femme. Sous la poussière, elle découvre un **magnifique miroir en or...** Les deux amies n'en croient pas leurs yeux !

– Nous devrions le rendre à la pauvre dame, propose Liana. Elle a besoin de cet argent.

– Pas comme nous, réplique son amie, ironique. Nous, on a du pain d'hier !... et un jardin dévasté, ajoute-t-elle en attrapant ses outils de jardinage. **Allez, au travail !**

Pour se donner du cœur à l'ouvrage, Liana et Alexa travaillent en chantant. Liana regarde autour d'elle. Il lui semble avoir entendu **une sorte d'écho.** L'oreille tendue, elle reprend le refrain. Ça provient de son panier ! Elle attrape le miroir qui se trouve dedans et découvre, ébahie, qu'il ne reflète pas son visage, mais celui d'une **parfaite inconnue !**

Au même instant, tapi tout au fond d'une grotte, **un dragon** sort de son sommeil. La chanson résonne dans sa tête et la corne de son front se met à **clignoter.**

– Ah, l'élève est enfin sortie de sa cachette ! ricane-t-il.

Déployant ses ailes, il vole jusqu'au fond de la caverne.

Là, une femme est assise sur un trône de pierre. Près d'elle se dressent deux silhouettes statufiées au visage effrayé.

– Maîtresse ! s'écrie le dragon. **Melody est vivante !** Elle chante tout près d'ici !

– Fantastique ! dit la femme. Et vous qui pensiez que je ne la trouverais pas... ajoute-t-elle en se tournant vers les statues. **Amène-la-moi, Sournois !**

4. Melody

Pendant ce temps, Liana et Alexa font connaissance avec Melody, emprisonnée dans le miroir, qui leur apprend sa chanson préférée : *Rêver, si tu chantes avec ton cœur, c'est la clé du bonheur.*

Elles ne remarquent pas Sournois le dragon s'approcher.

– Oh, vous devez me cacher ! s'écrie Melody en le voyant plonger vers elles.

– Fonce à la cave ! crie Liana à Alexa.

Puis elle court chercher un autre miroir dans la maison.

– **Sortez !** rugit Sournois en enfonçant la porte de la maison, mais Liana a déjà rejoint ses amies à la cave.

Le dragon casse tout et provoque un incendie. Alexa et Liana se sauvent et laissent derrière elles le faux miroir magique. Persuadé de détenir le bon miroir, Sournois quitte la maison en flammes.

– Tout est entièrement de ma faute, gémit Melody.

– Qu'est-ce qu'il te voulait ? demande Liana.

– Lydia doit savoir que j'ai la clé du **Palais de Diamant...** Les deux paysannes échangent un regard interrogatif.

24

– À chaque fois que quelqu'un chante, explique Melody, **un diamant apparaît** sur un des murs du Palais de Diamant ! J'y vivais en compagnie de Dori, Phedra et Lydia, les trois muses de la musique, dont j'étais l'élève. Mais un jour, Lydia voulut s'approprier le palais. Les deux autres muses cachèrent leurs instruments et me confièrent la clé du palais juste à temps car Lydia les transforma en **statues de pierre !** Je parvins à me cacher dans un miroir grâce à mon pipeau magique. Mais l'instrument se brisa et je me retrouvai **prisonnière.**

– Y a-t-il un moyen d'arrêter Lydia ? demande Liana.

– Si je joue des instruments des muses, répond Melody, ses sorts seront annulés. Pour ça, il faudrait que je me rende au Palais de Diamant, près des **Sept Rochers.**

– Tu peux compter sur notre aide, Melody, assure Alexa. Mais n'oublions pas le dragon : et s'il revenait ?

– Tant que je ne chante pas, répond l'élève-muse, **on ne craint rien.**

De retour dans la grotte, Sournois tend le faux miroir à sa maîtresse.

– J'ai vu Melody qui chantait dedans.

– Melody, parle-moi ! susurre la muse. Mais… **je ne vois que mon reflet !**

– Pourtant, elle chantait avec deux autres filles, répond Sournois.

– Alors conduis-moi à elles, lui ordonne la vilaine muse en grimpant sur son dos.

5. Un spectacle réussi

Le lendemain, alors qu'elles admirent les collines de fleurs, les paysannes et Melody découvrent **deux petites chiennes.**
Liana, Alexa et Melody se refusent à abandonner **Sparkles** et **Lili** – c'est ainsi qu'elles décident de les appeler !

– Je parie qu'elles sont affamées, dit Liana.

– Eh bien ce ne sont pas les seules ! gémit Alexa en se tenant le ventre.

– Continuons, dit Melody. Nous finirons bien par trouver un endroit où manger.

Peu après, les trois amies atteignent un village.

– Ça sent le poulet, non ? demande Alexa en passant devant une taverne. Dommage qu'on n'ait pas d'argent !

Au même instant, l'aubergiste surgit, **affolé.** Il a engagé deux musiciens. Mais voilà une heure qu'il les attend et ses clients commencent à s'impatienter.

– Eh bien, nous sommes leurs remplaçantes ! annonce Liana en faisant un clin d'œil à Alexa. Ça vous coûtera seulement deux repas… et deux pâtées pour chien !

– **Je vous engage !** dit l'aubergiste à la hâte.

Quelques instants plus tard, Liana et Alexa montent sur la petite scène de l'auberge. Peu à peu, les clients se calment et les écoutent chanter. Des jumeaux les observent depuis le fond de la salle. **Ce sont eux les musiciens retardataires !**

– Mais quel culot, dit l'un. C'est nous qui devrions être là-bas !

– Elles sont douées… **pour des filles !** rétorque l'autre.

Dans les coulisses, Melody ne peut s'empêcher de fredonner. En plein vol, **Sournois** dresse l'oreille.

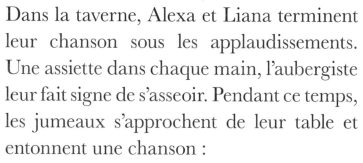

– Je distingue le signal, lance-t-il à sa maîtresse.

– **Fonce !** lui ordonne Lydia.

Dans la taverne, Alexa et Liana terminent leur chanson sous les applaudissements. Une assiette dans chaque main, l'aubergiste leur fait signe de s'asseoir. Pendant ce temps, les jumeaux s'approchent de leur table et entonnent une chanson :

Deux jeunes filles volaient le travail de deux hommes…

Soudain, une serveuse renverse son pichet sur la tête de l'un d'eux.

– C'est pour être parti sans un au revoir !

– On ne voudrait surtout pas interrompre vos retrouvailles, rit Liana en se levant. Tu viens, Alexa ?

– **C'est juste une copine !** dit le musicien en tentant de les retenir.

Mais les paysannes ont déjà quitté la taverne.

– Regarde, s'écrie l'autre jumeau en ramassant un mouchoir brodé.

L'histoire n'est pas terminée...

6. L'envoûtement de Lydia

Sournois provoque la panique en atterrissant. Et lorsque Lydia entre dans la taverne, un silence lourd tombe sur la salle.

– Je recherche deux jeunes filles. Vous les avez vues ?

– Euh… balbutie l'aubergiste.

– Votre mémoire vous joue des tours ? dit Lydia.

Puis elle souffle dans sa **flûte maudite** qui ensorcelle le brave homme.

– Où sont les jeunes filles ? insiste Lydia.

– Reparties sur la route, répond l'aubergiste, une étrange lueur verte dans le regard.

De leur côté, les trois jeunes filles marchent en bavardant. Malheureusement, Lydia ne tarde pas à les rattraper. Les paysannes tentent de s'enfuir, mais la vilaine muse **leur bloque le passage.**

– Donne-moi ce miroir, ordonne-t-elle. Mais Alexa refuse.

Sortant sa flûte, Lydia joue alors un air pour ensorceler les filles, mais quelque chose semble les protéger. **Le maléfice ne fonctionne pas !** Profitant de ce trouble, les deux amies prennent la fuite.

Le dragon s'élance à leur poursuite. Tout à coup, deux chevaux le dépassent : **ce sont les jumeaux !** Ils rattrapent les filles et les hissent derrière eux.

– On tombe à pic, on dirait !

– Et comment ! s'exclame Alexa. Foncez !

Sournois parvient à gagner du terrain, mais les jumeaux provoquent un éboulement pour empêcher le dragon de les suivre.

Hors de danger, les paysannes et les musiciens font plus ample connaissance.

– Je m'appelle Liana et voici Alexa.

– Jérémie. Et lui, c'est mon frère, Yann.

Le visage de Melody réapparaît dans le miroir.

– Il est parti ? Je ne comprends pas, la flûte de Lydia **n'a pas eu d'effet sur vous !**

Les jumeaux se regardent en fronçant les sourcils. Que signifie cette histoire de **miroir qui parle ?**

De retour auprès de sa maîtresse, Sournois lui raconte la course-poursuite. **Et il en rajoute !**

– Il y avait au moins vingt hommes ! Et j'ai perdu les filles…

– Mais pourquoi le sort n'a pas fonctionné ? tonne Lydia. Je sais ! **Elles portaient des diamants du palais !**

Pendant ce temps, le groupe d'amis parvient à un large fleuve.

– Il n'y a plus qu'à traverser pour arriver aux Sept Rochers ! s'exclame Melody.

– La pancarte indique un pont, mais je ne vois rien, s'inquiète Liana.

Soudain, Sparkles et Lili s'échappent. Surgissant de derrière un rocher, **un troll les attrape par la peau du cou.**

– Lâchez-les ! lui ordonnent les jumeaux.

Le troll est furieux. Il lâche les chiots et, avec son sabre magique, ouvre une brèche dans laquelle tombent les deux frères.

– Merci d'avoir relâché les chiennes, dit Liana. Maintenant, libérez ces messieurs !

– Hors de question ! répond le troll. Ils ont voulu traverser sur mon pont.

– Je ne vois aucun pont, réplique Liana.

– Pour qu'il apparaisse, leur explique le troll, **il faut résoudre une énigme.**

– Posez votre énigme, propose Liana. Si nous répondons correctement, vous relâchez nos amis.

– **Quel est l'instrument que l'on entend, que l'on ne voit pas et que l'on ne peut pas toucher ?**

Liana réfléchit.

– La voix !

C'est la bonne réponse ! Le troll libère les garçons en grognant tandis qu'apparaît un immense pont. Liana et Alexa grimpent dessus, mais le temps que les jumeaux s'approchent, le pont s'efface et emporte les filles sur l'autre berge.

– Rendez-vous près des Sept Rochers ! leur crient-elles avant de disparaître.

7. Un manoir enchanté

Après des heures de marche, Liana et Alexa aperçoivent de la fumée. C'est un grand manoir ! Un couple de domestiques leur ouvre.

– Vous voilà enfin ! dit l'homme en les conduisant devant un festin.

– Tout ceci est à vous, explique la femme. Les terres, le manoir, **tout !** D'après la légende, deux amies devaient venir habiter ce manoir. Nous vous attendions depuis des années.

– **Je n'arrive pas à le croire,** murmure Alexa, stupéfaite.

La jeune fille ouvre un placard et découvre des **robes magnifiques !**

– C'est la maison dont on rêvait ! s'écrie-t-elle.

– On ne peut pas rester, dit Liana en secouant la tête. On a promis à Melody de l'aider !

– Tu la préfères à moi, c'est ça ? Si tu étais vraiment mon amie, tu me comprendrais.

– Là, je ne te comprends plus ! rétorque Liana en prenant Sparkles et le miroir. Claquant la porte derrière elle, elle quitte le manoir. De colère, **Alexa arrache son pendentif.**

Soudain, **quelqu'un frappe à la porte.**
Alexa s'élance pour ouvrir, persuadée que
Liana a fini par changer d'avis. Mais c'est
avec Sournois qu'elle se retrouve nez à nez…
Le dragon la conduit jusqu'à la grotte de sa
maîtresse et la dépose au bord d'un précipice bordé par une rivière de lave.

– Tu as aimé le manoir et les domestiques
sous mon pouvoir ? lui demande Lydia.
Comprenant qu'elle a été piégée par son
égoïsme, Alexa ne peut s'empêcher de **rou-
gir de honte.**

Pendant ce temps, Sournois fouille son panier, mais ne trouve pas le miroir. Alors la muse sort sa flûte…

– Ça ne marche pas sur moi, se défend Alexa.

– Ça, c'est ce que tu crois, réplique Lydia. Tant que vous portiez vos pendentifs, vous étiez protégées, **mais maintenant…**

Elle souffle alors dans la flûte et envoûte Alexa :

– Où est Liana ?

– **En chemin pour les Sept Rochers,** répond la paysanne d'une voix monocorde…

Malgré la nuit et le froid, Liana, Melody et Sparkles parviennent enfin à destination : **un cercle de sept pierres dressées !**

– Nous y sommes ! s'écrie Melody. Juste en bas, il y a la clairière de brume et le Palais de Diamant. J'aurais aimé qu'Alexa soit là…

– Moi aussi, reconnaît Liana dont la colère s'est apaisée.

Tout à coup, Sparkles se met à aboyer : **Sournois arrive !** De ses pattes puissantes, le dragon saisit Liana et l'emporte dans la grotte pour la ligoter.

Lorsque Lydia vient voir sa prisonnière, Alexa se tient à ses côtés.

– Les amies, ça trahit pour un rien de nos jours ! ricane la muse. Ah, voilà le miroir ! **Melody, montre-toi !**

Pas de réponse. Lydia ordonne alors à Alexa de marcher en direction de la rivière de lave.

– Non ! hurle Liana.

– Elle n'obéit qu'à moi, lâche la muse. Et je lui dirai de s'arrêter quand Melody me le demandera.

Alexa continue de marcher vers le précipice.

– **Arrête-la !** crie Melody au dernier moment.

Lydia s'exécute et Alexa s'arrête au bord du gouffre.

– **Je veux la clé** qui ouvre le Palais de Diamant, exige la muse.

Melody accepte, mais à condition qu'elle laisse partir ses amies.

– La clé d'abord. Ensuite, je les relâcherai, promet Lydia.

Le dragon libère Liana.

– Alexa, réveille-toi ! dit-elle en attrapant le bras de son amie. C'est moi !

Mais s'approchant par derrière, Sournois les pousse **dans le précipice.**

8. Rendez-vous aux Sept Pierres

Il fait nuit noire lorsque les jumeaux arrivent aux Sept Pierres. **Bien sûr, les paysannes ne sont pas là.**

– Elles ont dû repartir sans nous attendre, suppose Yann.

Soudain, Sparkles s'élance vers eux en aboyant.

– **Où sont les filles ?** lui demande Yann.

La chienne fait demi-tour et disparaît dans la forêt. Comprenant qu'il faut la suivre, les garçons remontent en selle et partent au galop.

Au même instant, Lili pousse des jappements de joie en voyant Liana remonter sa maîtresse. Les deux filles ont frôlé la mort, mais un rocher a permis à Liana d'éviter la chute.

– Pardon, dit Liana à son amie, toujours ensorcelée. Je n'aurais pas dû partir.

Lili s'approche, **le collier d'Alexa** coincé entre les crocs. Pour Liana, c'est le déclic : les colliers sont vraiment magiques !

– **Pourvu que ça marche,** pense-t-elle en accrochant le bijou autour du cou d'Alexa.

Et voilà qu'Alexa se réveille, **libérée du sortilège !**

– Où sommes-nous ? demande-t-elle, complètement perdue.

– Dans le pétrin, comme d'habitude ! ironise Liana. Lydia tient Melody. Elles sont en route pour le Palais de Diamant !

– Je suis désolée pour toutes les choses que j'ai dites, s'excuse Alexa.

– Moi aussi, répond son amie en la serrant dans ses bras.

Soudain, la petite Sparkles apparaît, suivie par **Yann et Jérémie !**

Pendant ce temps, près des Sept Pierres, Melody essaie de gagner du temps.

– Alors, où est le palais ? s'impatiente Lydia. **Tu te moques de moi !** Tu t'imagines que tes amies vont venir te sauver ? Pauvre idiote !

Soudain résonnent des accords de guitare. Sournois suit l'air de musique et tombe sur Yann, assis sur un rocher. Le dragon s'approche silencieusement… mais est attaqué par Jérémie qui l'attendait en embuscade ! Liana et Alexa en profitent pour courir jusqu'à Lydia.

La vilaine muse se met à jouer de sa flûte et ordonne aux filles de se noyer dans l'étang. Les paysannes feignent de lui obéir. Mais au moment de passer devant Lydia, Liana **lui arrache la flûte des mains !**

– **Rendez-la moi,** hurle Lydia en menaçant de briser le miroir.

Melody préfère se sacrifier plutôt que de laisser la muse gagner ! Et elle casse **elle-même** le miroir qui tombe à l'eau. Les chiots plongent aussitôt pour le récupérer. Alors Liana lance la flûte dans l'étang et, tandis que la muse maléfique tente de la rattraper, un tourbillon la fait **disparaître...**

9. Le Palais de Diamant

– Melody ! s'époumone Liana. Le cœur lourd, les quatre amis entourent le miroir brisé.

– Il doit y avoir un moyen de la ramener ! tente de se rassurer Jérémie.

– Grâce aux instruments des muses ! s'écrie Liana soudain pleine d'espoir.

– Mais on n'a pas la clé du Palais de Diamant, se lamente Alexa.

– Un palais ? demande Yann. Mais où ça ?

– Parfois, commence Liana, ce qui est vrai…

– … ne se voit pas à l'œil nu ! finit Alexa. Et si la clé, **c'était sa chanson ?**

Rêver, si tu chantes avec ton cœur,
c'est la clé du bonheur.

Aussitôt l'eau se met à bouillir et des tours de cristal surgissent des flots ! Et bientôt, c'est un **immense palais recouvert de diamants** qui se dresse devant leurs yeux. Alors que les quatre amis traversent le pont-levis, leurs vêtements se transforment en magnifiques robes de princesses et en habits de princes. Puis, jaillissant du miroir, **Melody apparaît en chair et en os !**

L'élève-muse s'empresse de conduire ses amis dans une grande salle de musique. Ce n'est qu'au son de la harpe et de la mandoline que les muses Dori et Phedra pourront être libérées de leur prison de pierre. **Mais Lydia et Sournois surgissent à nouveau !**

La muse maléfique joue de sa flûte afin de briser les instruments. Vite, Liana et Alexa s'emparent de la harpe et de la mandoline puis, accompagnées de Melody, se mettent à chanter : *Rêver, c'est la clé du bonheur !*

La magie des instru-
ments repousse le sort
et Lydia et son dragon
se transforment en statues de pierre.
Aussitôt, dans la grotte, Dori et Phedra retrouvent forme humaine et c'est sur leurs chevaux
ailés qu'elles regagnent le Palais de Diamant.
– Liana, Alexa, annoncent Dori et Phedra,
grâce à la belle musique que vous avez dans
le cœur, vous nous avez sauvées. Nous vous
déclarons **princesses de la musique !**
Puis elle tend une flûte de cristal à Melody :
– Melody, à partir d'aujourd'hui, **tu es une
muse !**

Dori se tourne ensuite vers les jumeaux et leur offre deux guitares :

– Mille mercis ! dit Yann.

– Restez vivre au palais ! propose Melody.

– Autrefois, j'aurais dit oui sans hésiter, dit Alexa. Mais maintenant, je veux rentrer chez nous. **Notre maison me manque.**

Avant que Liana et Alexa ne rentrent chez elles, escortées par Yann et Jérémie, elles reçoivent un ultime cadeau de leurs nouvelles amies : **des graines magiques** pour réparer leur maison et leur jardin…

10. L'amitié, c'est sacré !

– Ça m'aurait fait de la peine qu'Alexa et Liana ne se réconcilient pas ! dit Stacie, une fois l'histoire terminée. Vous croyez que Courtney regrette tout ce qu'elle m'a dit ?

– Pourquoi tu ne le lui demandes pas ? suggère Barbie en posant une main sur l'épaule de sa petite sœur.

– Oui... Tu as raison ! s'écrie Stacie avant de courir jusqu'à la porte.

Teresa lance un clin d'œil à sa meilleure amie :

– Bien joué !

– L'amitié, c'est sacré ! lance Barbie en reprenant sa guitare. Alors, on s'y remet ?

Oh ! Une chanson, deux voix.

Fin

Directeur de collection : Lise Boëll
Direction artistique : Ipokamp
Adaptation : Lucile Galliot
Éditorial : Céline Schmitt et Ophélie Doucet

Publication originale :
© Éditions Albin Michel, S.A., 2012
22, rue Huyghens, 75014 Paris
www.albin-michel.fr
ISBN 978-2-226-24087-3

Loi n°49-956 du 16 juillet 1949 sur les publications destinées à la jeunesse.

Achevé d'imprimer en France par Pollina.L59567d.
Dépôt légal : mars 2012.